畫說寶春姐的雜貨店

徐銘宏——圖・文

推薦序

雜貨店裡的插畫家

林怡芬
插畫家 藝術創作者

插畫家徐銘宏，熟識的朋友都稱他為老徐。

我認識老徐和他的另一半薛慧瑩時（也是一位優秀的插畫創作者），他們剛搬回老家，在老家的土地上蓋了一個可以看到無止盡綠田的大房子，有一個令人羨慕的寬大工作室，和可以讓孩子自由奔跑的院子。他們夫妻倆的繪畫作品在此時都有了很大的轉變，變得更自在，放鬆，豁達了。老徐在搬家後幾年，也獲得了義大利波隆納插畫獎，這是一個對插畫家來說極高的肯定與榮耀。

原來我很單純的認為他們的作品應是由此大自然圍繞的好環境而生。但是在《畫說寶春姐的雜貨店》一書中，老徐描寫人生的前半段，與家人和雜貨店之間的愛與葛藤，我才了解到，這些豁達的繪畫作品，背後是老徐一步一腳印走過生命的修行，而來到心境圓融成熟的階段。老徐的作品使人平靜，感動人的不只是外在的元素，最重要的是他看待生命的方式。

《畫說寶春姐的雜貨店》讓我想到近期看的一部動畫電影《可可夜總會》，裡頭那個主人翁可可，很像老徐的故事。起初不想如同家人一樣只當個鞋匠的可可，想要去追求音樂家的夢想，而逃離家之後，發現成全自己的背後是那個來自與先祖們的愛。老徐的故事也讓我想起村上春樹的經歷，村上春樹在年輕時經營一個爵士酒吧，酒吧出現的人事物，在往後經常出現在他文學作品裡。那些年輕時經歷的，習以為常的日常，在創作者敏銳的觀察力和豐富的創作力之下，都有機會成為一部部感動世人的作品。

從老徐小時候接觸的雜貨店客人，到他最熟悉親密的家人們，在老徐的文字或畫筆下，如此深刻動人。特別是九十歲阿嬤寶春姐的身軀，年邁卻有力的肌肉線條，畫中將阿嬤的堅毅勤勞的性格描繪地栩栩如生。雜貨店的店面，樓梯間，堆滿貨物的場景，老徐在畫筆下寫實地描繪出，這是他每日再自然不過的日常。老徐也從主觀到客觀，兒子或孫子，店老闆或創作者，不斷跳開抽離或進入各種角色，曾經是各種情感與情緒糾結的地方，經歷了許多過程後，如今他是如此平和地去看待這家從他出生時就伴隨他生命的雜貨店。從文字從畫中，我們都可以看出老徐對雜貨店深厚的感情。

一次拜訪老徐家時，正逢我的愛犬離開不久，他分享了學習瑜伽而對生命的領悟。在當時面臨生命課題的我，老徐平靜的分享讓我的心療癒了許多。在我的雕塑展覽時，老徐的感想也總讓我感動，覺得這個人真的有認真地看懂我的作品。老徐表達想法時話語不多，不會有主觀的定論和冗長的意見，但總是耐人尋味。就像他寫這本書，如微風般淡淡描述的背後，每一則都是一段深刻動人的生命故事。

推薦序

雜貨店的孩子

劉旭恭 繪本作家

認識老徐已經是多年的事了，他的圖畫簡潔乾淨，很有設計感，作品帶著濃厚的禪意，是一位有自我風格的藝術家。

而且他是在雜貨店長大的小孩。

雜貨店是什麼呢？那是完全不同於便利商店的地方，小時候的印象就是店裡東西很多，只有問老闆才知道放在哪裡，還會有歐巴桑在旁一直聊天，那裡黑黑暗暗的，彷彿有老鼠住在裡面，感覺那裡藏了無窮無盡的東西。

總之，雜貨店充滿了一種古老的氣息，非常神祕。

長大之後，便利商店大量興起，取代了許多傳統的雜貨店，雖然超商明亮又乾淨，但有時會覺得似乎少了點什麼。

我在讀這本書的時候，過去雜貨店裡那種傳統溫暖的氛圍，彷彿又回到眼前，對他們來說，你不僅是客人，也是他們認識的人，而且他們還看著你長大，這種感覺十分微妙的。

老徐的文筆簡潔又生動，很有幽默感，他描述店裡人們的互動，就像是每日播放的連續劇，每篇故事都讓人歡喜，時光靜止在每個片刻，卻又緩緩流動。

我感覺這家店對老徐的家人來說，不僅僅是一份工作而已，而是生活的全部了。

我想起自己常去的美術社有兩家，其中一家非常漂亮，店裡還會打燈，顏料畫材看起來每樣都超美的，手寫的標價和介紹的卡片也十分可愛，但是畫紙不可以自己摸，要依紙樣選好後，再請店員幫你拿，一整個就是高級精品店的感覺。

另外一家則有點亂亂的，老闆是位阿嬤，會熱心推薦我顏料和畫紙，她曾大力推銷一堆布滿灰塵的壓克力顏料，說是便宜賣，結果我買回家打開一看，已經變成顆粒還糊糊的，不知道過期多久了。

她的孫女也會顧店（大概是老徐的角色），有時跟朋友聊天，還會在櫃檯吃東西，非常有生活感。有一次我站在後面的大桌子自己裁紙，突然有一位女生睡眼惺忪地走出來，穿過我身旁走到櫃檯和阿嬤說話。

我心想，這到底是美術社還是他們家啊？

雖然我覺得精緻美術社的畫材比較漂亮，不過我還是常去阿嬤的美術社買東西，不知道為什麼，可能是習慣，也可能在那裡我可以自己摸摸紙、剪裁紙，有一種自在的感覺。

老徐的圖畫和文字也給我同樣的氛圍，他的黑白速寫真的好好看喔！乾淨俐落，似乎沒有多餘的線條，構圖有好大一片留白，非常有禪意。我在看這本書的時候，小孩跑來和我一起讀，他說：「我也好想要這本書，買一本給我！」這本書真的很棒！

我認識老徐有好幾年了，他給人的印象就是一位搞笑的大師，雖然樸實卻充滿了幽默感，雜貨店的背景在他身上其實很明顯（不是說黝黑的外表和做工的身材），他有一種鄉下人開朗真誠的態度，雖然他從事設計插畫工作，卻和許多講究時尚的設計師不太一樣，他有自己的味道，非常迷人。

老徐是雜貨店的小孩，這點是無庸置疑的。

目錄

88 下次來買車

那天早上爸又出去送貨不在店裡，一位少婦急呼呼地把機車停在店門口，一進來也不在乎有其他客人，就又氣又笑的跟我們抱怨，說她婆婆堅持要她來這裡買糖。

92 讓籃子輕一點

我們家雜貨店剛好在龍潭市場與客運站的中間，每天正午後就會看到賣了一早上菜的歐巴桑，挑著竹簍從門前經過，在店裡面的我們偶爾會聽到經過的歐巴桑對店裡面喊「歐菜某？」

122 好好幫你爸爸

第一次見到余先生，是爸要我幫忙把一包五十公斤砂糖，搬上他的小貨車。那次我跟平常一樣，把二砂扛上肩、穿過店裡的客人、出了雜貨店、過了馬路、依照爸爸的吆喝、找到他的貨車。

從倉庫走回雜貨店的路程大約十分鐘，走到雜貨店對面的馬路上時，我看見坐在櫃檯後的爸爸，拿著一個東西在手裡掂啊掂的，一副若有所思的樣子。

家人終究是家人，即使在我去台北後許久才第一次回到家，卻感覺大家似乎早就原諒我了。一直到自己當了爸爸後，再想起這件事，我突然可以了解當時我的父母心裡會有多難受、多擔心。

起初我不太相信她是真的要去看醫生，但聽在診所工作的黃小姐跟媽說，田太太是真的去拿藥，而且每天都要吃診所給的藥，只要一天不吃診所開的藥，就會全身痛到沒辦法做事。

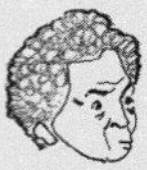

寶春姐是我阿嬤

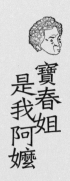

小時候，在外面需要向阿叔、阿伯自我介紹時，不知道是不是龍潭人地域性比較強的關係，按慣例通常大家都會先說自己住哪裡，然後才說是誰誰誰的小孩。像是「我是三洽水，徐水華的孫子。」或是「我是住在龍元宮街肚，彭春香的兒子。」因為我們家住在街上又開雜貨店，所以我總是仗著家裡做生意、人面廣的關係，介紹詞偷懶很多，我都說：「我家是隆興商店。」

如果那位阿伯不知道隆興商店在哪裡，我就會補充說：「寶春姐是我阿嬤。」然後我就會得到「喔！」的回答，大人立刻就懂了知道我住哪，家裡有哪些人。小時候我還沒遇過不認識寶春姐的大人，但卻有很多沒聽過隆興商店的人。

再長大一些到國中、高職，少年青春的我整天只想要跟朋友出去玩，對自己家雜貨店沒有什麼特別的記憶。大學的時候住在台中，那更少回家。印象中求學階段跟媽比較有在說話，但也都是在交代課業上的事。跟爸爸說話好像只有用在打招呼，一直到我去馬祖當兵以後，我們父子才真正開始有言語上的交流。像父子又像朋友的那樣聊天，好像是到了這幾年的事。

開始討厭我們家雜貨店，是結束了退伍後在台北的第一份工作回到雜貨店幫忙時。那時二十八歲，工作了近兩年在設計上學了一點皮毛，一股腦的想要全部放到雜貨店裡，但自己能力又不夠，最後就是搞到自己跟雜貨店水火不容。像是，開始嫌雜貨店太亂，東西放得很沒有邏輯；還有，正在賣的東西跟剛到店的新貨與常備的存貨，他們竟然可以全部都一起放在賣場裡，這些都是讓我恨得牙癢癢的事。最討人厭的是商品幾乎不標價，只有少部分的罐頭會貼標籤，但每天在跑的雜糧、乾貨、陸產、海產就一個都沒寫，必須要自己記住。

我這個從小到大被阿嬤放在掌心疼的寶貝孫，從小到大都不用顧店的少爺，頭一回進店裡幫忙就天真的想大刀闊斧的改變阿公、阿嬤、爸爸、媽媽共同經營了幾十年的老店，也難怪那段時間後期，我幾乎天天在跟媽吵架，跟阿嬤在店裡嘔氣，想不起來確切是什麼事，如果用打籃球來比喻的話，我那時被阿嬤守死了，只要一投球就被她蓋火鍋，球還沒拿到手就被阿嬤打掉，阿嬤也不需要用什麼球場垃圾話來激怒我，我自己就已經可以隨時隨地自爆。終於有一天我再也忍受不住，自己找好了工作，像離家出走似的跑去台北。

記得在離家出走前的某一個晚上，店裡已經打烊了，我跟媽在雜貨店三樓的房間裡大吵一架，我對我媽大吼：「這店生意要做下去，阿嬤絕對不能在店裡。」那天我們吵得好兇，好像已經晚上一兩點了還在吵，但現在想想，好像是我一直吼我媽，我媽只是愁著臉一

發現阿嬤跟我一樣，會這樣站在門口，看對面的龍元宮或是鄰居在幹什麼。

Pantaleon

透中午熱爆的店裡，唯二的風扇，阿嬤總要關掉一扇……。

有一次熱到受不了，有點生氣的走去把唯一在吹的風扇轉到最強，
還沒走回到櫃檯，阿嬤就對著風扇說：「會冷耶。」
我只好假裝沒聽到……。

阿嬤喜歡在雜貨店生意得閒時，坐在門口前的推車上吹一下風。常常這樣坐著坐著，就跟路過的老客人打起嘴鼓。

爸也喜歡坐在雜貨店前的推車上吹風，差不多都是晚上九點半、十點以後，常常這樣坐著坐著，就跟路過的老鄰居聊起天。媽很氣爸這樣，可以打烊了不打烊，到時又弄得太晚休息。

我也喜歡這樣坐在雜貨店門前的推車上吹風。有一次，我坐著坐著、風吹啊吹的，以前交往過的女朋友突然就出現在對面的馬路上，美麗依舊的她手上牽著一個可愛的女兒，當時我因為搬完貨一身臭汗爛衫，她看見我後特地走過來跟我打招呼。

有產地身份
國家保証

淨重18公斤

大香菇一兩七十五，一斤一千一。

小香菇一兩六十，一斤九百五。

我一直到四十二歲才認真的把它們記起來。但大小丁香、*堯甫我還是記不住……。

註解

徐爸：大丁香、小丁香、堯甫都是小魚乾的名字，差別在魚種的不同，吃起來的味道也不同；大小丁香口感較硬、較甜，適合爆香或是炒菜，堯甫口感較軟，適合煮湯。

TRADE
MARK
光

爸說：「老師傅才會買的日光瓜。」用來做一道古早味名菜「瓜仔雞湯」。

飲

雜貨店門前白鐵遮陽棚上的這些鉤子，以前都是掛了東西的。現在還掛著的有斗笠、冬粉、柴魚片……。

一邊畫圖時我就一邊在想，那些空下來的鉤子以前是掛什麼的啊？怎麼我都想不起來。

對爸爸那一代的人來說，寫字是一件需要慎重的事。阿里哥來店裡買了一箱金牌啤酒送朋友，交代我們要貼紅紙，照慣例紅紙用黑筆寫上送禮人的名字。寫時大家圍著，像是在看大師揮毫。

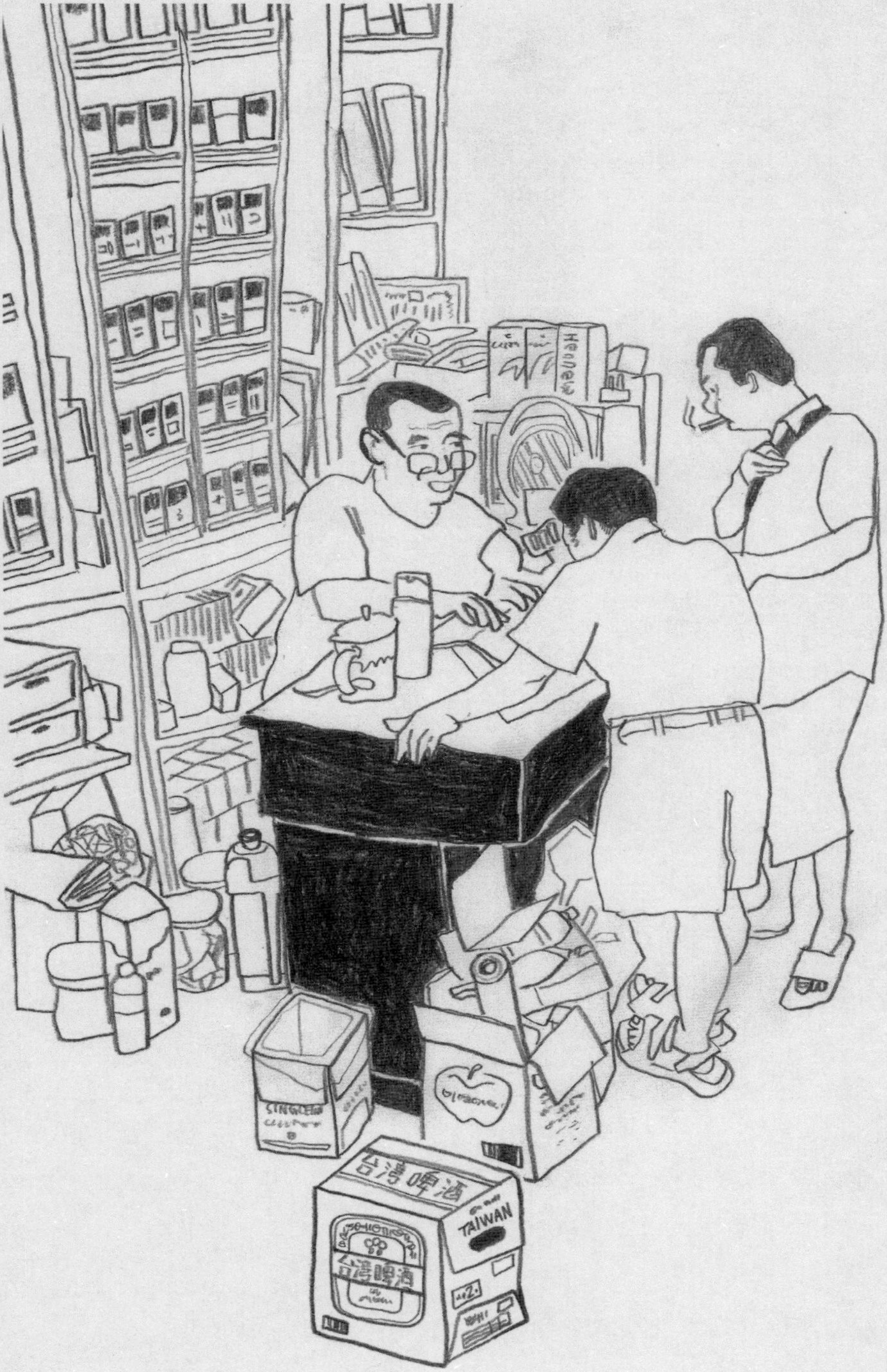
台湾啤酒
TAIWAN
台湾啤酒

有些蛋上面會有髒汙，像是雞屎或是飼料之類的東西。阿嬤會拿把美工刀刮去蛋殼上的髒汙，好增加賣相。

萬用醬

小時候，很喜歡坐爸爸的摩托車，一直以為摩托車的油箱就是用來載小孩的。載貨的鐵架拆下來，後面就可以坐媽媽，還可以讓大姊跟二姊坐在爸媽中間，我跟妹妹就坐前面的油箱。

爸爸說以前要從龍潭騎摩托車去新竹買貨回來賣，回程時胸前一捆貨、背後也是一捆貨，一路從現在的縣道 117 經新埔、走鄉道竹 20 接桃 20 回來龍潭。今年已經七十歲的父親，騎起摩托車來仍看得出當年的英姿。

雜貨店裡可以給小孩玩的東西真的很多，比如說豆子，不管誰家小孩玩豆子，最後一定能把原本分裝在不同箱子的紅豆、綠豆、黑豆妥當的放在同一個箱子裡，不這麼做也要撒滿一地以示負責。至於罐頭，則是要有高人指點才懂得玩，因為貨架上的不能拿，只能搬庫存裡的，搬出來以後可以蓋城堡又可以搭牌樓根本就是放大版的樂高。但我個人最偏愛的還是紙箱，尤其是菸酒公賣局的菸箱，又大又硬拿來當祕密基地真的超讚，只是不適合留太久，因為放久了都會生蟑螂。

以前的社會資訊不發達，但從爸爸偶爾提起的故事我發現，在爸爸小時候，同一個鄉裡哪一家姓啥、叫什麼，大家幾乎都能知道，田野就是大公園與遊樂場，池塘就是泳池，在那樣的時代雜貨店應該就算是現在的 *Facebook* 吧。

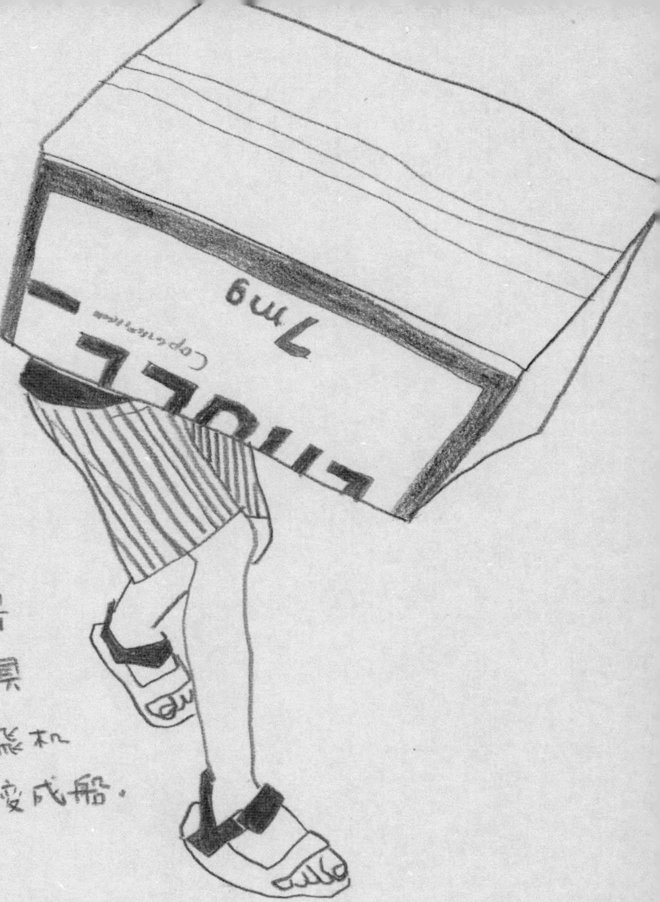

紙箱是全世界
最有趣的玩具
可以變坦克，變飛机
也可以變成船。

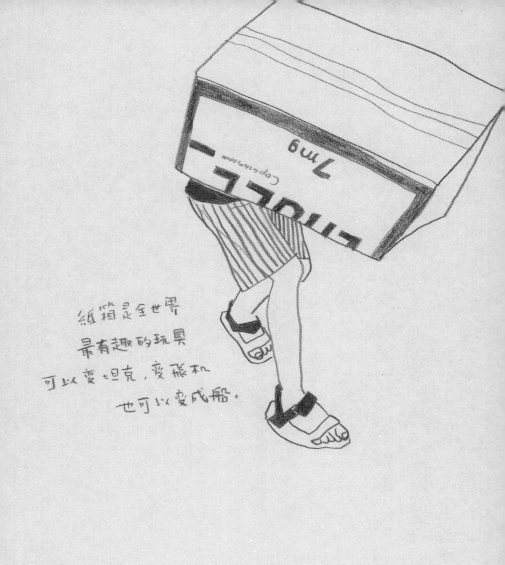

爸會把貨車開到雜貨店門口停，但前半身在隔壁，車屁股才是在我們家前面，我其實都很怕這樣會干擾到隔壁店家做生意。

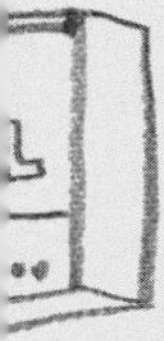

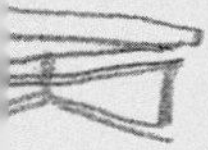

店
南北雜貨
五穀雜糧
洋菸洋酒

連著幾天的陣雨，店裡的空氣總是讓人感覺溼漉漉的。這樣的天氣，客人們總是不太願意出門。

今天下午，我又因為陣雨跑到對街的烘焙屋串門子，聊著聊著就接到媽打來的電話。起先我以為是要送貨，回到店裡才知道，原來媽要我幫忙送一位來店裡買東西的歐巴桑回家。

這位歐巴桑與我的阿嬤年紀相仿，都在八十歲上下。

上了車，我問歐巴桑住哪裡、要怎麼走？歐巴桑爽朗的操著客家話說：「你不知道啦！你爸爸才知道。你現在就直直開，我再指給你看。」

我一聽，心裡先是一愣，但再想想也沒錯，確實有些鄉下的老房子只有地號沒有地址，就算歐巴桑爽快的說出地號，誰曉得那在哪裡啊。

為了配合歐巴桑的路況導航，一路上我都將車速控制在三十公里左右。而車內我面臨的狀況是，這麼慢的車速，如果不哈拉幾句還真是滿冷的。還好我也不是一個省油的燈，瞎聊倒是難不倒我。

就在跟歐巴桑聊著我爸爸知道她住哪，而我不知道的這些事時，歐巴桑突然吆喝我停車！示意前面有狀況。

我往前看，正有一位穿著雨衣、撐著傘的歐巴桑走在滂沱大雨裡。

就這樣，那位歐巴桑也坐上了我的小貨車。

當然，我還是不知道這位歐巴桑住哪兒，總之，只有我爸爸才知道她們住哪。

兩位歐巴桑都上了車之後，開始你一句、她一句的說著另一位歐巴桑的事，沒多久她們口中的那位歐巴桑竟然也走在滂沱大雨裡。

但，兩位歐巴桑都極力的示意我「不要載她！」急著跟我解釋那位歐巴桑腳很有力，可以走的。

車子經過時，因為擔心貨車駛過時濺起的水花會潑到正在走路的歐巴桑，我刻意放慢了速度，只聽見兩位歐巴桑急得用近乎抱怨的口氣說：「不用載她啦！」

只要我說，我們家是開雜貨店的，幾乎所有的朋友都會問「是傳統的那種嗎？」

但對我來說雜貨店就是我們家這一種，還有其他種嗎？

台灣菸酒

「這棟房子大概民國四十八年時重建過一次。那時候的騎樓還有拱形的門，像大溪老街那樣。」爸爸一邊講，一邊用手指著雜貨店後面繼續說：「以前房子沒有那部分，是後來店裡賣的東西越來越多，你阿嬤跟地主談好才加蓋出去的。然後民國六十七年改建成現在四層樓的樣子。三年後龍元路拓寬，我們家前面的通廊就拆掉了。樓上那些木窗都是當時特地留下來的，你看到現在還很好用。」

跟爸爸一起顧店時，喜歡聽他說我們家雜貨店的故事。但每次我容易分心的壞毛病總是會犯，就像現在我又好奇的想著，在還沒有雜貨店這棟房子時，阿嬤跟*阿太在原址上顧著小攤做生意的樣子。

那時候，龍元路上的街屋應該都只是一層樓的矮房吧！就像記憶中四、五歲時，對面的兩棟老房子，還記得站在房子裡就可以看見木頭橫梁撐著瓦片的斜屋頂。

跟雜貨店面對面的是一間理髮店，隔壁一間是賣牛仔褲的。穿過那些牛仔褲走進一個沒有門的房間，是一位中醫婆婆看診的地方，再往裡頭走，出了後門又可以拐進隔壁的理髮店。雜貨店左邊是一排用石棉瓦做成屋頂的木造矮房，石棉瓦搭著雜貨店側面的牆而建。一長排矮房隔成一間一間的，有賣水果、賣冰，還有賣牛肉麵的。

我們家四個小孩掉乳牙時，大人都要我們背對著房子站直，將拿在手上的牙越過頭頂丟到石棉瓦屋頂上去，說是這樣再長出來的新牙才會好看。但五歲的我怎麼樣也沒辦法把牙齒丟到屋頂上！還好我姊教了我一個容易的方法，站在雜貨店二樓的窗戶前，背對著窗外那片石棉瓦屋頂，把牙齒丟出去！

也許正因為這片老屋頂承載了我的願望吧！從小到大我都覺得它像是我不用說話，卻能了解彼此心意的好朋友。

雜貨店裡另一個我喜歡的地方，是門前的帆布遮陽棚。一下雨，雨水會在棚子上積成一個大水窪，怕棚子垮下來，大人會拿支長竹竿去頂那棚子上快積成池塘的水。大水像瀑布落下來，濺起巨大的聲響與水花，總是讓我這個小孩很期待。

當時遮陽棚下的大門跟現在的電動鐵捲門不一樣，橫跨雜貨店門面的是一扇一扇檜木做的木門。每天早上，爸爸都將笨重的實木門板從門框上一扇一扇卸下來搬到騎樓下，那裡有一個放門板的位置。等到各式雜貨放在騎樓下的定位後，門板也被巧妙的隱藏不見了。

走進雜貨店，左手邊是三個長方形玻璃櫃，高度跟念國小一年級的我差不多，裡面放的是皮鞋、布鞋、內衣、內褲、手帕、毛巾等生活用品。我很常躲在玻璃櫃後面，看大人在櫃檯旁做生意的樣子。

櫃檯是一張檜木做的長方形桌子，四邊修了圓角非常厚實。店裡發生的事，或快或慢，最後總都會繞到這張櫃檯邊。像是三天前買回去的鞋子不合腳，拿回來換；或是錢包掉了的歐吉桑急急忙忙跑來問，有沒有掉在店裡；或是沒錢看醫生的婦人不好意思地來借二百塊錢；還有去菜市場買了太多東西，再也提不動的歐巴桑來店裡等兒子。

現在想起來，躲在玻璃櫃後面看大人做生意，還真是一種與世無爭的享受啊。

這些，都是三十多年前的事了。此刻，我跟爸爸圍坐聊天的櫃檯早已不是從前那張老櫃檯。往外望出去，遮陽棚早已經換成白鐵做的。三十年前沒出現的飲料冰箱，現在放在雜貨店門邊。那片寄放我許多乳牙、像老朋友的石棉瓦屋頂，也被拆走了。

註解

阿太，是客家人稱呼曾祖父、曾祖母的用語。如果是曾曾祖父母，就會說阿太太。再往上去就以此類推，阿太太太太一直加上去。

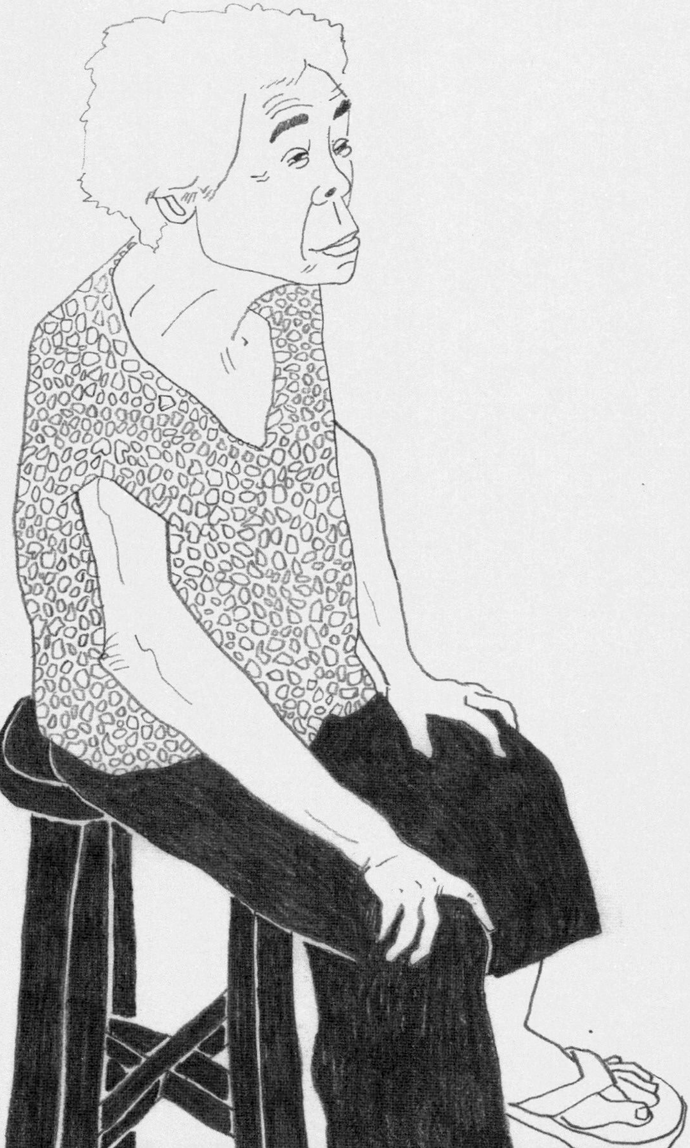

下午顧店三點多時真的很好睡，只要一分鐘沒有客人進來，眼睛就快要閉起來。

阿嬤，今年已高齡九十，每天還是在店裡幫忙。我總覺得阿嬤應該沒有發現自己已經老了，像是蛋箱裡的蛋該盤了，沒人理，阿嬤不管一箱蛋有多重，自己一個人就要把它抬起來。這幾年阿嬤的力氣越來越小了，抬蛋也演化成假動作。首先阿嬤會邀約我一起來搬蛋，只要我說：「好，等一下。」阿嬤真的就只等一下、轉身就自己去搬蛋，然後兩手搭在蛋箱上氣勢驚人的就要把整箱蛋搬起來。

我每次都被她嚇得不得不趕緊放下手上工作趕過去幫忙。

而假動作不只一招，像是我們常看的手機，阿嬤也有興趣。

昨天因為下午要外出，跟老闆娘商量將我的下午班改成早上班。

早上的雜貨店果然生氣勃勃，加上端午節近了，來買食材的客人就像螞蟻一樣源源不絕地走進雜貨店。

時不時會遇上年輕的媽媽問粽子要怎麼煮比較好吃，或是煮得很成功的媽媽又再回來買。

你們家今年也有包粽子嗎？

阿義叔在擦等一下要做祭品用的保麗龍，阿嬤對他碎碎唸。

我想是在唸什麼？仔細聽原來是阿嬤叫阿義叔不要用左手擦保麗龍，要換右手，右手才有力，擦得才乾淨。

永田園

阿嬤跟阿義叔很愛鬥嘴，幾乎不能放他們兩人單獨在店裡，不然一定會吵起來。

但在二十年前，阿義叔可不是阿嬤的對手，阿嬤兇起來時整個龍潭村裡誰不聞風喪膽，阿義叔也只能等到阿嬤九十歲後才能跟她拼個不相上下。

客人來時像是一陣風，明明不認識的人像約好的一起來，買好了各自要的東西後就一個一個不見。今天下午的陣風三級，不疾不徐，我一個人坐櫃檯，剛剛好。

TA

來買蛋的客人都會喜歡挑下面一箱蛋，我很樂意幫客人把第一箱蛋搬起來讓他們挑第二箱，但要是第一箱蛋明明有七八成滿，他還是要挑第二箱，我就會在心中幹譙他（貪小便宜的人）。

鹿茸酒
五加皮酒
NG KA PY

我的老天我好想睡覺……。

有客人走進店裡，爸會在第一時間大喊：「老闆要什麼？」
原本沒什麼表情的人客會開始笑，然後說出他們要的東西。

下次來買車

爸很喜歡跟我說，以前他是怎麼做生意的，哪一個莊、哪一個村的人都是我們家的主顧。但我總覺得爸多少有在吹噓當年勇的成分，要知道我們家雜貨店又小又亂，還常常找不到客人要的東西，如果真像爸說得那麼神，我現在怎麼樣也該是個叫得出名號的富二代吧！

不過爸說到，以前他們窮，生活很苦的事，我是相信的。在爸那個年代，大家都還是以農活為生，加上普遍窮困，不到農作收成的時節，家裡還真是沒什麼錢。所以雜貨店以前有讓人賒帳的習慣，每年過年前，有餘裕的人就會來清一清帳，沒有來還的，就知道是沒錢了。遇到這種情形，爸說他也不會去要，他相信等人家有錢了自然就會來還。

那天早上爸又出去送貨不在店裡，一位少婦急呼呼地把機車停在店門口，一進來也不在乎有其他客人，就又氣又笑的跟我們抱怨，說她婆婆堅持要她來這裡買糖。讓她生氣的是，剛剛她才去市場買菜，心想在附近的商店買一買就好，方便一起帶回去。沒想到，回家後她婆婆對她大發脾氣，堅持要她把糖拿去退了，再過來我家買。少婦一邊生氣又一邊笑著說：「我婆婆只用你們家的東西，我看我以後買台車都要說是在你們家買的！」

店裡的人瞬間被少婦的笑話逗得哄堂大笑，看著少婦在雜貨店裡說笑的身影，我心想，這間那麼亂的雜貨店，要不是我親眼所見、親耳所聞，實在很難相信能有她婆婆這樣的主顧啊！

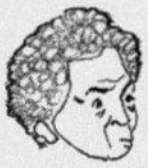

讓籃子輕一點

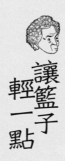

最近幾乎是每天中午都會有歐巴桑來雜貨店裡賣菜，歐巴桑們的菜都是在自家旁野地種的，每天清晨五六點摘滿兩簍子後，就挑著它們搭客運到龍潭市場賣。龍潭市場是個大市場，幅員從貫通兩條平行的中正路與龍華路的一條小巷龍興路算起，向前一直綿延至龍潭鄉公所，那一整區都被稱作龍潭市場。在市場裡不管是陸產、海產、雜糧乾貨任何食材幾乎都可以找得到。如果你想吃上幾碗熱騰騰的熟食，也有好幾家美味的老店。

我們家雜貨店剛好在龍潭市場與客運站的中間，每天正午後就會看到賣了一早上菜的歐巴桑，挑著竹簍從門前經過，在店裡面的我們偶爾會聽到經過的歐巴桑對店裡面喊「歐菜某？」（要菜嗎？）

只有我一個人顧店時，我都喊「吾斯！」（不用！）因為我真的覺得我們家每天都有很多菜。但媽在店裡的話，我就會轉頭用視線搜索媽媽，請母親大人定奪。十次有八、九次媽媽都會把菜買下來。原因無他，就是早上忙到沒時間去市場，有人把菜挑來家裡，對媽媽來說實在是太方便了。

阿葉姐算是常來店裡賣菜的歐巴桑，七十幾歲的身子還是相當健朗，不管晴天還是雨天，她頭上一定帶著一頂斗笠。

有幾次，健朗的阿葉姐來到店裡賣菜，媽一早已經跟其他的歐巴桑們買過了，我坐在櫃檯邊看媽跟阿葉姐在門口磨磨蹭蹭好一會兒，等阿葉姐挑起簍子離開時，轉過身的媽媽竟然抱了兩大捆青菜走進來。

我不敢相信的問媽：「你不是已經買很多菜了嗎？怎麼還買？」

媽笑著說：「就幫她買一些，讓她的籃子可以空一點不用挑那麼重回家。反正可以送給你姨婆吃，你姊姊來也可以帶一些回去，沒關係啦。」

又有一回的中午，當時的天氣已經是需要穿上外套才不會覺得冷的季節，那天從一早開始，外頭的雨始終下不停。因為太冷了，阿葉姐已經在斗笠下加上毛帽，身上還是穿著那件重複穿的輕便雨衣，挑著兩簍青菜。還沒進到店裡，阿葉姐已經拉開嗓門朝著店裡喊：「來啦，我幫你們挑菜，你幫我買下來啦！你們家裡人多一下子就吃完，算是幫幫我的忙，讓籃子輕一點，回家不用挑這麼重啦！」當時我正在幫客人結帳，才想轉過頭來跟阿葉姐搭腔時，媽媽已經跟阿葉姐靠在櫃檯邊挑起菜來了。

我先是被兩位無聲的默契嚇了一跳，之後兩位資深主婦合作挑菜的速度也相當驚人。他們倆一邊熟練的挑菜，一邊交換彼此做菜的撇步，沒一會兒功夫，媽跟阿葉姐的菜葉已經鋪滿整張櫃檯。如果不是媽主動留一小塊區域讓我結帳，我還真不知道該怎麼辦才好。

媽的個性有點迷糊，就像每位美女會有的標準配備。

240

阿嬤為了要找黏鼠板，順手把黏滿蟑螂的板子放在櫃檯上！一直問大家還有一塊黏鼠板呢？

但這塊就夠嚇人了，誰還管他另一塊啊！

現在店裡用的梯子是鋁製的，小時候店裡有一張實木做的梯子是專門用來拿貨用的，我很喜歡坐在上面看電視。

今天爸媽去峇里島玩五天，為了去這一趟，早在決定去玩之前爸媽就一一先問了大家的意見，怕是到時沒人來看店，怎麼向雜貨店的老客人交代。所以今天起大姊和我還有妹妹三人排班，在這五天努力看店。只是大姊除了要顧店外還身負另一重任，就是要算每天店裡的帳。這件事把她搞得很緊張。為了安慰她，我特地跟她分享我的算帳祕訣：「姊不用緊張啦，你想想，即使你帳算錯了也沒人知道啊！幹嘛緊張。」

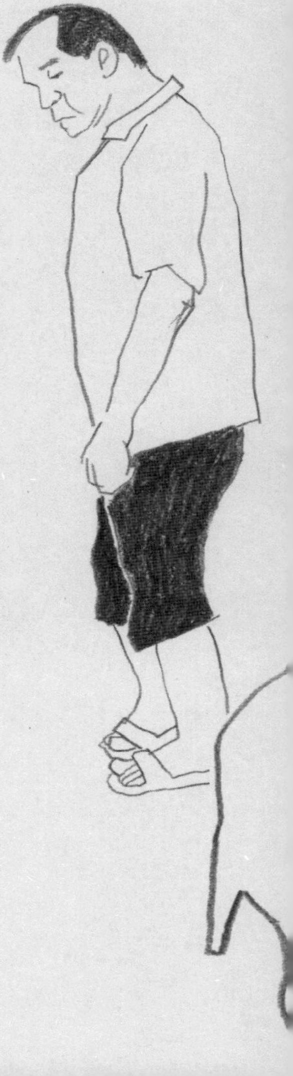

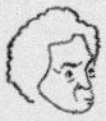

阿發哥只要在家裡做什麼東西一定會送一些給我們，有時是饅頭，有時是糕餅，今天是一包醃蘿蔔乾。

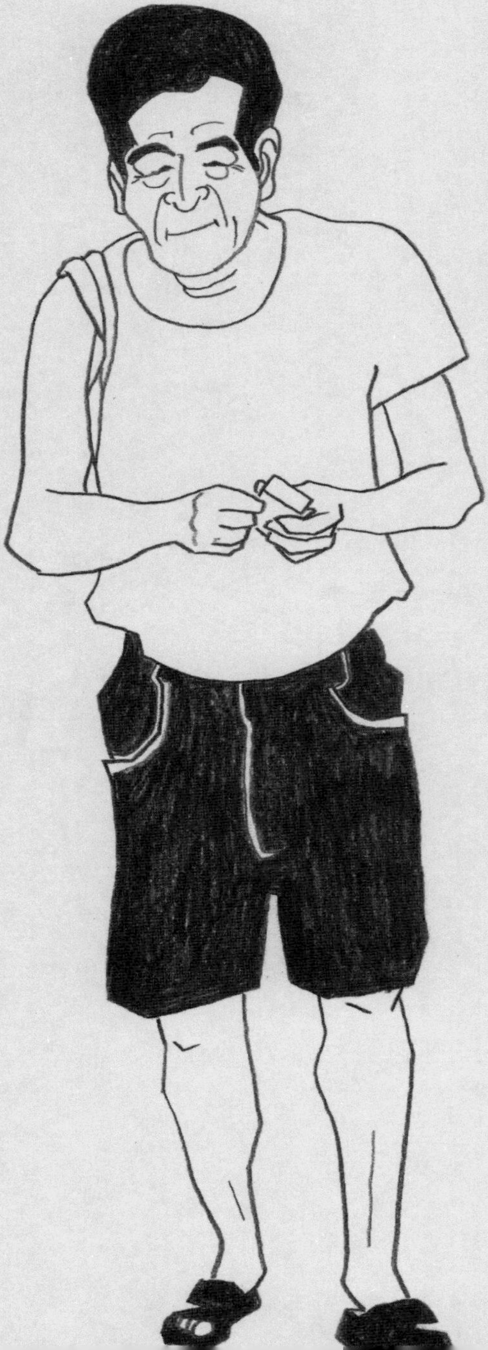

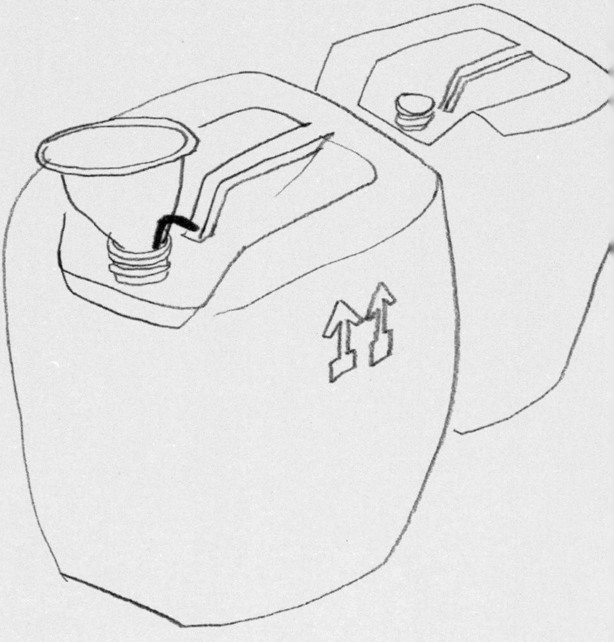

每年都會來買鹼油的羅太太，今年也在差不多的時間撥了電話，訂了二桶。

稍稍說明一下，鹼油是製作鹼粽不可或缺的食材，也是讓糯米變得透明的關鍵。我們家的鹼油品質相當好，媽驕傲的說，只要用她教的方法加我們家的鹼油下去煮，用過的都會成主顧。

白蘭

因為先前發現有一包四兩的鹼油只有三兩半，我就隨手拿了一包四兩的秤看看。在電子秤上得到了四點二兩的答案，心想OK了，順手就要放回箱子去，卻被爸爸叫了回來「銘宏你那包拿回來我再看一下。」

這一聲也吸引了阿嬤的關注，過來一起看，看了以後，阿嬤開始唸爸爸「鹼油能少不能多，四兩的要秤三點九兩，多了就會苦。」一邊唸老爸一邊把箱子裡的鹼油再一包包拿出來重秤。

感覺我好像害到老爸了……（哈哈哈）。

今天一位外省阿伯來店裡買東西，但阿伯不記得要買的那個東西的名字，很努力地形容那個東西的用途，說是要跟檳榔一起煮的，希望我們可以告訴他要買的是什麼。

像這樣助人為快樂之本的事，雜貨店上上下下都非常樂意幫忙，連其他客人都忍不住一起幫著猜。只是沒有一個人猜得出來，媽甚至還被逼到說出「你說話好難聽喔！」這樣讓我直冒冷汗的話。阿伯最後沒辦法，只好使出殺手鐧跟我們借電話打回家問他太太，一問，答案竟然是芒果乾！

終於知道答案了，但，我們沒有賣芒果乾耶。

對面麵攤的大姐來買菸，每次都是兩包硬盒白長，伸手在口袋要掏錢給我時，另一條街賣花生湯的大哥正要走進來，遠遠看見大姐在買菸就語重心長的吆喝：「大姐要戒菸囉！」

大姐一聽氣得大聲回嗆：「不要叫我戒菸，我最討厭人家叫我戒菸，我就這樣一個嗜好還不讓我做，是要我怎樣！」

從頭到尾大姐罵得呲牙裂嘴，但賣花生湯的大哥笑得好開心，好像早就知道大姐會有這樣的反應。

雨天來買便利雨衣的老先生，買好了雨衣特地停下來問阿嬤：「你幾歲了？身體好健康，還記不記得我？」

阿嬤對那位老先生說：「你的名字我不知道，但我記得你，你現在還住在*黃泥塘嗎？」

老先生說：「對啊，我以前常來買東西，你還記得我啊。」

註解

黃泥塘是從前龍潭鄉還未升格為龍潭區時的一個老地名，現在還多為在地人所用。爸說以前的老黃泥塘範圍較大，現在大家稱呼的黃泥塘範圍較小，簡單的說從福龍路三段上的農會稻米倉庫一直走到龍潭、平鎮交界處，這條線的右手邊我們都可以稱作黃泥塘。

大金魚

說到家，第一個會讓我想起來的就是家裡一樓的雜貨店，第二個會讓我聯想起來的就是二樓浴室廁所的門。浴室的門旁掛著一具瓦斯爐熱水器，最初熱水器裝好時沒有現在裝得那麼高，是因為大人的頭一直撞到，撞到熱水器的鐵皮凹下去後就找師傅來把它掛高了。從小到大的每一天，我就是在這個貼滿馬賽克磚的浴室裡洗澡。第一次發現自己的鳥鳥可以變大又變小也是在這個浴室洗澡的時候，當時我還高興的把這個新發現表演給幫我洗澡的媽媽看。記得那時的浴室好大，我都坐在一個紅色的大塑膠盆子裡洗，怎麼現在浴室變得那麼小。

塩漬鯖魚

好好幫你爸爸

「站在外面的那位老人家就是余先生，抱一包二砂到他車上。」爸對我吆喝著。

第一次見到余先生，是爸要我幫忙把一包五十公斤砂糖，搬上他的小貨車。那次我跟平常一樣，把二砂扛上肩、穿過店裡的客人、出了雜貨店、過了馬路、依照爸爸的吆喝、找到他的貨車。才把二砂放上小貨車，余先生就熱情的對我說：「年輕人謝謝喔，你是阿源的兒子嗎？好、好、好。你們家生意很好喔，看你瘦瘦的力氣很大耶。嗯好！好好幫你爸爸。」

讓我感到特別的是，余先生除了一頭白髮像是個老人之外，他的身高和比一般人還寬的肩膀，讓我很難把他跟老人家聯想在一起。

余先生經常來我們家雜貨店批貨回去賣，每次來都開一輛藍色的小貨車，偶爾他的店裡臨時沒了一兩樣東西才會騎摩托車來。每次我把雜貨搬上他的車時，他總會和善的對我說：「年輕人謝謝喔，看你人瘦瘦的力氣很大！嗯好，好好幫你爸爸。」

有一回，余先生騎摩托車來載糖，因為五十公斤的二砂不算輕，整包糖放上摩托車後，車頭會頓時變輕，要能控制住車，得花上好幾倍的力氣才能穩住車子。所以，每回要把五十公斤的二砂放在摩托車上，我總要一而再、再而三的確認那包糖的重心，有沒有在車子的中心上。但那天在確認時，余先生卻笑著跟我說：「可以啦、沒問題。年輕人你去忙你的。」說完摩托車的擋板一踩，人和車和五十公斤的二砂就出發了！看著余先生的背影在龍元路上揚長而去，我心想，八十歲還能騎摩托車載五十公斤二砂的，應該只有余先生了吧！

雖然余先生老當益壯，但看在爸的眼裡仍是擔心的，爸說余先生年紀那麼大了我們幫他送去也比較安全，之後就開始幫余先生送貨了。

有一次送貨去的時間在假日，剛好遇到余先生的兒子一家人從台中回來。余先生的兒子見送貨來，禮貌的過來幫忙點貨，余先生原本開心地跟那難得見面的寶貝孫兒玩，見我來了便一把抱起小孫兒過來跟我閒話家常。

「年輕人，你爸爸今天沒有來喔。」

「對啊，現在都是我一個人送。」

「年輕人，糖幫我拉到架子前面，*大水疊在門口就好。」

「糖要不要幫你倒一包到桶子去？」

「沒關係！我兒子在家，等一下叫他幫我就好。」

「好，那我先放一包到桶子旁，等一下他比較好倒。你兒子，很少看到他耶？」

「對啊，他住在台中，久久回來一次。」

「要叫他常回來，帶孫子給你看啊。」

「年輕人有自己的生活，可以啦，沒問題。」余先生笑了笑繼續說：「年輕人謝謝喔！我老啦，身子不行了。你人瘦瘦的力氣卻很大，好好幫你爸爸。」

每次送貨到余先生的雜貨店，他老人家總是會這麼跟我聊上一兩句。

又有一次送貨到余先生的店裡，那次是余太太出來幫忙點貨，當我正忙著把貨下到余太太說的位置上時，餘光隱約感覺到店裡有一個人，吃力的要從太師椅起身，我轉頭望去，那不是余先生嗎？

他中風了！

余先生拖著生病的身體，慢慢的向我走來，站在我面前時，努力的想跟我說話，因為中風的關係讓他咬字變得很困難，雖然聽得很不清楚，但我知道他在跟我說：

「年輕人謝謝喔！」

「我老啦，身子不行了。」

「看你瘦瘦的，力氣卻很大。」

「嗯好，好好幫你爸爸。」

註解

大水，在雜貨店指的是大瓶的瓶裝水。小瓶的瓶裝水我們就會説，小水。

二砂
台糖
淨重50公斤

十塊錢的約定

跟平常一樣，一大早送好餐廳的食材後，我就直接將小貨車停到倉庫去。從倉庫走回雜貨店的路程大約十分鐘，走到雜貨店對面的馬路上時，我看見坐在櫃檯後的爸爸，拿著一個東西在手裡掂啊掂的，一副若有所思的樣子。

走進店裡，爸叫住我「銘宏，你看！」我一看爸手上拿的，原來是一捆用廣告單捲起來的硬幣。

爸微笑地對我說，一大早才開門沒多久，有一位老先生走進店裡。進來就問，這裡有沒有一位叫「阿源」的人。爸問他「你找這個人有什麼事嗎？」

老先生禮貌的對爸爸解釋「是這樣的，五十多年前，我太太來你們這裡買東西，那時錢不夠，跟阿源兄賒了十塊錢。今天要來還他。」

聽了老先生的解釋，爸爸立刻向老先生說明他就是阿源。但爸還真不記得有這件事，所以推辭了老先生的錢。

老先生直說「不行！這錢一定要還。」接著解釋說「我太太交代我，這輩子欠的這十塊錢，這輩子，一定要幫她還給阿源先生！我昨天出門的時候還在擔心，這麼多年了，不知道找不找得到你們這間雜貨店！還好你們都沒有搬走。能找到你，我真的很高興！」

爸說他問老先生，都這麼多年了，只是十塊錢，怎麼會想到要特地來還？

老先生說他跟他太太後來在因緣際會下搬到南部去，之後就一直住在高雄，夫妻倆有兩個小孩，孩子成就都不錯，其中一個目前在國外。一家人都是虔誠的佛教徒，這兩年，老先生的太太越來越不能走了，才對老先生說起，想要在臨命終前把這輩子曾經欠人家的，還一還。

老先生離開後，爸將那卷用廣告紙包著的硬幣打開，算一算，裡面竟然有五百元。

很想畫來雜貨店的客人，但實在不容易，首先不可能在店裡速寫，因為下午的時間大部分都只有我跟阿義叔，我畫圖，只剩一人做事，一定會被罵翻。

想來想去還是拍照後回家畫比較可能，但要怎麼拍呢？不可能大拉拉拿著相機拍吧！

最後我還真只能大拉拉拿著相機拍，但我有先假裝在看相機，然後趕快按兩張！

這幾天我一直用這個蠢方法拍了很多照片。

SINGLETON

顧店，哪有沒被客人罵過的，但被用髒話罵，今天是第一次！

第一時間腦中閃過的念頭是，我應該要把拳頭放在他臉頰上作為回應吧，不然，吼回去也才算是禮尚往來。

但我還是用了四成內力保持微笑，三成功力向客人解釋不能算他便宜的原因，三成功力心裡默念「看！被你罵幾句髒話就算你便宜，我有那麼賤嗎？」

客人離開後，阿嬤開始細細問我剛剛客人有沒有給錢，買了什麼東西，我找了幾多錢？

坐在櫃檯的媽媽聽了，出聲阻止阿嬤做這樣的發問。心裡其實心疼阿嬤，覺得媽的口氣重了。但在工作時被追問這些事，確實會讓人感到不耐煩，心生怨懟。不容易啊！

老船長

每次看到電視上播出某位青年才俊傳承了家族事業，或是某人接下家族生意經營得有聲有色，令許多人羨慕不已，我就很想翻白眼。對我來說和家人一起工作真的是非常不容易的事，生活上他們是你的父親、母親，工作上他們還是你的父親、母親，許多事情的溝通都變得複雜很多，這真的很不容易。

網購拓
家業
VBS

阿嬤，請原諒我，我愛你，對不起，謝謝你

家人終究是家人，即使在我去台北後許久才第一次回到家，卻感覺大家似乎早就原諒我了。一直到自己當了爸爸後，再想起這件事，我突然可以了解當時我的父母心裡會有多難受、多擔心。但那個時候的我無法了解這些事，離開家後，心裡想的就是如何在設計領域上多學習一些技能，期待有一天自己的收入也能讓父母感到驕傲。但，當阿公過世，媽問我「回來家裡幫忙，好不好？」我沒有多想就答應了，那是我第二次答應媽回來雜貨店幫忙。

但這次，我仍然還是沒有準備好，還是沒有弄明白一間老雜貨店需要的是什麼。所以七年過去之後，我累積的是許多怨懟，長成一個難以忍受雜貨店的孩子。我又離開了雜貨店，甚至在夢中又大吼我的母親。但也是在這段時間，遇到了幫助我穩定生命質量的貴人，簡麗莞老師。

因為脊椎有側彎的毛病，我一直想學習瑜伽，在網路上搜尋西藏心瑜伽這個名詞時，第一次看到簡麗莞三個字。沒多久朋友跟我聊到，他朋友的藏香店有開瑜伽課可以去看看，我一看上課資料授課老師竟然就是簡麗莞老師，也太有緣了就決定報名。

第一天上課時，我跟大多數第一次見到老師的人一樣，被老師的好氣色嚇住，老師的氣色好到彷彿有一道無形的彩光圍著她。簡老師的瑜伽課跟坊間強調體位法的瑜伽有一種不一樣的氛圍，每次上完課走出教室，我都能感覺一抹被療癒的平靜在心田上慢慢的吹開。有一次在課堂上簡老師跟我們分享一位身心科醫生的故事，老師說那位醫生每天都會對著他的病患的病歷表說話，經過了一段不算短的時間後，大家發現那位醫生的病患的康復率比同醫院其他醫生的病人康復率高出許多，一問之下才知道，醫生每天藉著病歷表向他的病人說：「對不起，請原諒我，我愛你，謝謝你。」

課堂上老師要我們找一位同學相互做如是的觀想練習，也建議我們可以對自己的家人或是朋友做這樣的觀想，有助改善彼此的關係。一開始跟同學練習時，感到有點尷尬，但做過一輪後，那分尷尬感就不見了。那天下課後我走在新生南路的人行道上，一邊走我就一邊想，我想對我媽說說這些話，我想像媽就站在我面前，我說：「媽，對不起，請原諒我，我愛你，謝謝你。」說完後我接著對我爸說：「爸，對不起，請原諒我，我愛你，謝謝你。」然後是我阿嬤「阿嬤，請原諒我，請原諒我，我愛妳，對不起，謝謝你。」

突然，我好想對簡老師說說話，我開始觀想簡老師正站在我的面前，我說：「簡老師，對不起，請原諒我，我愛你，謝謝你。」一句、兩句、三句我一邊走一邊跟簡老師說著這些話，不知道第幾句時，我的心地突然被一股情緒包圍住，那股情緒讓我知道，在某一世簡老師曾經用母親般的愛照顧過我，那一世曾經對老師發過的豪語，我至今尚未做到。我沒有辦法在乎有沒有人在看，眼淚嘩啦啦的流不停，我只能忍住不哭出聲。然後安慰自己說，想哭就哭吧！反正沒有人認識我。

跟著簡老師學習後，很快就發現除了瑜伽體位法，靜坐也很重要。更棒的是簡老師帶我遇見了淨化呼吸法，遇見了古儒吉（*Sri Sri Ravi Shankar*）。我是那種暴飲暴食型的學生，開始練習時都很認真，一陣子後就開始偷懶，發現身子不對勁，精神狀態不好了，才又認真練習。

簡老師是一位已經把練習化成日常生活的瑜伽士。每日的念佛、打坐，打坐、念佛就像肚子餓了吃東西一樣的自然。我總是會不經意想起老師在課堂上說過的話，老師說：「你想成為什麼樣的人，每天最精華的時間你要用來做那件事。」

但我好貪心，我想做一位像老師一樣的行者，又想成為一位繪本作家，又想照顧雜貨店。如果把老師說的「每天最精華的時間」放大成「一生最精華的時間」，怎麼算我都已經錯過了。這樣的我還抓著夢想，會不會太奢侈或是太蠢了？

直到有一天在讀地藏經時，雖然眼睛看著經書裡的字，腦海卻對這件事浮起了一些想法，那個想法提醒我，每個生命都有自己的生長時間與成長節奏，蟲子也許七天一生就結束了，狗到了六歲就算是成人，樟樹可以長成上百、上千歲，而且越老越美、年紀越大越強壯。怎麼我就把自己想成是一隻蟲子，不是一顆大樹呢？

簡老師總是跟學生說「要練習、要練習。」唯有每天的練習才能把心地上的泥土翻鬆，當風吹來了種子，心地才能給種子支持，能不能長大，讓種子去決定。

端午連假剛過，下午的雜貨店終於恢復往日的平靜。

有坐在門口看車子經過的阿嬤，也有氣勢威風騎著腳踏車從門前經過的歐巴桑。

這樣不是很好嗎？全部一起擠進來買東西知道我壓力有多大嗎？

最近一直是上午做畫畫的工作，下午到雜貨店幫忙。雜貨店宛如是我不可逃避的宿命。從小就不喜歡顧店，幫忙顧店也只是顧個三分鐘就開始想去對面找滎隆玩。現在我能這樣在店裡待一整個下午，自己都覺得不可思議。

如果昨天沒睡好加上早上比較認真畫圖，下午來到店裡就會很好睡。

我們家雜貨店有兩個倉庫，加上店裡的樓上也放了許多貨，一共算是三個倉庫。一趟外送下來常常會發生要跑遍三個倉庫才能把貨帶齊的窘境。

不忙的時候還好，可以看雲、可以吹風、還可以跟鄰居閒話家常，但趕時間的話，不免懷疑為什麼不能把貨全部放在一個倉庫呢？

上個禮拜五傍晚，雜貨店走進來一位醉醺醺的歐吉桑，提了一個紅色垃圾袋裡頭似乎裝了一個很重的東西，哐噹一聲放在櫃檯上時還弄得櫃檯都是泥水。

歐吉桑醉言醉語的對我說這一袋東西要賣我，但我實在聽不清他這一袋是什麼東西，我拉了拉袋子看，黑黑的一大坨像是一塊石頭的東西，加上歐吉桑酒氣沖天，我趕緊應付的說「我沒有要買你的東西喔！」

歐吉桑醉言醉語回「好！你慘了。」說完話，拉了垃圾袋就搖搖晃晃走出雜貨店。

雖然歐吉桑從頭到尾話都說不清楚，但那句你慘了我卻聽清了，歐吉桑離開後我還是忍不住問了站在雜貨店門口的叔叔，他那一袋是什麼東西啊？叔叔說好像是烏龜。

突然覺得，如果那隻烏龜還活著我應該趁機買下的。

今年店裡換了新的蛋商，新的蛋商是之前的蛋商「蛋哥」介紹的，阿嬤說蛋哥從台灣光復那年就開始送我們家的蛋，一送就是近七十年，這幾年開始換他兒子送，今年決定結束營業。每次新的蛋商送蛋來，阿嬤總要稱讚他很會載蛋，十幾箱的蛋一個破的都沒有。

店裡裝了監視器時，感覺整間店都高級了起來。只要抬頭看著監視器，好像這間落後半世紀的老雜貨店就要重新跟世界接上軌道。但時間久了，我才體悟到監視器的真正力量。

像是歐吉桑忘記找的錢放在哪裡，看監視器就可以發現原來是放在左邊口袋，不是皮夾！或是明明拿五百元的阿嬤，說自己剛剛給的是一千！這些都可以請跟世界接軌的監視器完美的找回人客失去的記憶。

為了讓人客們也都了解監視器的好，媽喜歡把電視打開，直播店裡的監視畫面。只是我覺得，這樣開誠布公地公開監視器視角，不也讓有心人確定了適合作案的位置嗎？

吸菸有害健康
未滿18歲不得吸
小豆皮

一位歐巴桑買好了東西，忍不住對阿嬤說：「好好喔！安多歲還能做事。」

阿嬤一如往常微笑的說：「就*小小做到慣了。」

註解

客語的「從小」就是說「小小」，所以轉成說國語「從小的時候」，我們就會用國語說「小小的時候」。要不是白紙黑字寫出來，說真的，沒有感覺到不一樣耶。

媽媽說我小時候真的很乖，只是不愛穿鞋，每次要出門去跟鄰居小孩玩，順手就把原本穿在小腳上的萬年牌拖鞋藏在雜貨店門口用來壓門軌的長木板下。但因為長木板壓軌道的那一條凹槽，是依著軌道的寬度鑿出大小剛好的空間，所以小拖鞋再小也把木板擠得老半天高。

我想，當時我一定有被狠狠地罵過吧！這麼白目的事也做得出來。

媽媽，我們在這裡

一位像是街友的女人，怯生生的站在櫃檯前向媽借錢，那是我第一次見到田太太。當時我還在台中的霧峰念大學，不常回來龍潭，雖然不常回來龍潭，卻還是讓我遇到幾次田太太來店裡借錢。幾次下來我發現，田太太每次來都會先表示要找我媽，如果媽剛好不在，她才會試著向站在櫃檯的人解釋，她要看醫生、但沒有錢，可以跟我們借二百塊嗎？月底就會來還。

起初我不太相信她是真的要去看醫生，但聽在診所工作的黃小姐跟媽說，田太太是真的去拿藥，而且每天都要吃診所給的藥，只要一天不吃診所開的藥，就會全身痛到沒辦法做事。雖然藥這麼有效，但田太太其實不知道醫生開的只是一般的維他命。媽說像她這樣的狀況，應該要有家人好好的照顧，帶去身心科看診才對。但我從未見過她的家人。

記得是在一個下午，我遇到田太太來雜貨店借錢。黑黑瘦瘦的她，用一條略髒的大背巾背著一個小嬰兒。我見了不敢置信地對站在一旁的妹妹小聲問「是她的孩子嗎？她有結婚喔！」

妹妹說「對啊，是她的小孩。」但我心想，她這樣疲憊的生命要怎麼照顧孩子呢？

又有一天晚上，我從二樓下來，走到一樓的樓梯口時，遠遠的就看見田太太背著那天我見過的寶寶，站在雜貨店門口跟兩個小孩說話。田太太像是跟兩個孩子交代好事情後，就一個人背著小嬰兒不好意思的走進店裡。當時店裡客人多，大家正忙著，田太太不敢開口，背著幾個月大的小嬰兒就站在放雞蛋的箱子旁，不時會轉頭用眼神喝斥等在門口的兩個小孩，不要亂摸東西。因為田太太一直站在蛋箱旁都沒有移動，偶爾會有一兩位客人注意到她，用不解的眼神看一眼田太太。

站在門口的兩個小孩，一個男生、一個女生。從剛剛他們的互動我猜想，這兩個小孩應該也是田太太的孩子。男生個兒較高，看起來已經唸小學了，女生個兒較矮，像是還沒讀國小的年紀。兩個小孩長得都跟田太太很像，都黑黑瘦瘦的，兄妹倆的眼光一直緊緊地跟在他們母親身上。

我不好意思一直看他們兄妹倆，怕兩個小孩會以為我這個站在店裡的大人不喜歡他們杵在門口。但雜貨店不比便利商店，很多東西都是需要用秤的，來買東西的客人不用多，只要一位客人買的東西比較多，而且剛好又都是需要用秤的，雜貨店裡就會顯得很忙。那天晚上剛好有點類似這種狀況，也許真的是等太久了，我發現兩位小兄妹終究還是感到不自在，開始生澀的假裝若無其事，慢慢的從門口躲到雜貨店旁邊一根電線桿的後面，一處店裡的日光燈照不到的地方。哥哥不時會把半張小臉從電線桿後面露出來探尋他的母親，好像在說：「媽媽，我們在這裡喔。」

會想起這些事，是因為昨天我在店裡遇見田太太，我大概有六、七年沒見過她了。這幾年因為重拾插畫工作的關係，幾乎沒有在店裡幫忙，再看見她，田太太依舊怯生生的來向媽借錢，不同的是感覺田太太老了很多，而且媽這次回絕了她。

她離開後，我問媽怎麼不借她錢，媽說她兒子叫我們不要再借她錢。我驚訝的問：「她兒子特地來講喔！」

媽說：「就有一次田太太來借錢，她兒子剛好走進來要買東西，看到他媽媽在借錢就開始罵，趕她回家不許她再來借錢。其實，在這之前，那個年輕人就常來買東西，只是我們都不知道他就是田太太的兒子。」

我驚訝的脫口而出：「她兒子有這麼大了喔！」但想想也對，從我第一次見到田太太到現在，也有二十年了吧。那年，小男生跟妹妹一起躲的那根電線桿都因為政府實施電線地下化而不在了，一直站在我記憶裡的那個小男生，確實也該是個二十八、九歲的年輕人了。當我正在心裡嘀咕著：「其實還滿想看看那個小男生現在長得怎麼樣，是高還是瘦？」我媽剛好對我說：「她兒子很大啦，偶爾都會來買菸，好像是在工廠上班，還是在做鐵工？下次看到再問他。」

客人幾乎都是戴著安全帽進來買東西。

「現在哪有人在照顧老人家。」

「人生七十才開始！開始看病。」

秤麵粉的時候，聽到一位歐巴桑說的有趣話。

大鵬
人參
龜鹿
藥酒

今天要來給大家介紹一對雜貨店的花甲閨密。

這一對阿嬤喜歡一起結伴出門，一位喜歡說話，一位安靜不多話。喜歡說話的那位阿嬤，動作上明顯有些遲緩，不多話的那位阿嬤都會在一旁看顧她。尤其是付錢的時候，省話阿嬤一定站在一步左右的距離看著喜歡說話阿嬤的動作，直到自己的花甲閨密把皮包再塞進自己口袋後，省話阿嬤才會把注意力離開。

花甲之年還能一起上街逛菜市的閨密，應該就是親姊妹了吧！

顧店時很怕遇到酒鬼，都不知道他下一秒會要做什麼。這位歐巴桑很愛喝酒，已達酒鬼等級。每次來都買二十五元的寶特瓶米酒，買好了就坐在店裡的貨架前喝，一邊喝會一邊試圖跟我們聊天，但她渾身酒氣，我實在是不想跟她搭腔，只能用笑容維持我的禮貌。因為阿義叔跟我都在熟練的裝忙，歐巴桑只好對著空氣說話。她說「肝功能再偏高，我就不要喝囉！」猛灌一口米酒後，她說出了一句深具禪意的話，歐巴桑說：「你還有什麼比別人高的，千萬不要讓它掉下來，掉下來你就什麼都沒有了。我就輸了。」然後是一串我聽不懂的日語。

今天爸國小的同學來店裡買東西，阿嬤看到她來好高興，而且一直跟我們稱讚這位歐巴桑的爸爸身體靚好，好到完全看不出來已經一百零一歲了。妹妹聽了忍不住問大家，是不是那個每次都穿白衣服的老人家？

「對啊。」大家說。

妹妹一聽驚訝的說：「他都自己騎摩托車來耶！」

一百零一歲騎摩托車上街買東西！哇！

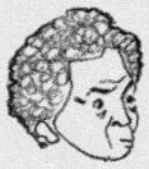

我，沒有問

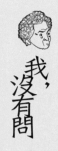

從小我就聽我爸叫我阿公「阿叔」。

其實我心裡很納悶，為什麼爸要叫自己的爸爸「阿叔」啊？阿叔，不是叔叔的意思嗎？但，我沒有問過我爸。

朋友都覺得我很怪，這可能是我身世之謎的事，竟然可以不聞不問一輩子。那是因為大家都不知道，連我太太也不知道，在我還很小，比蔣公看見魚兒逆流而上的年紀還小的時候，我就在我們家對面的五金行裡，對著剛好飛過窗戶的飛機發過誓，我一定要做一個不隨便發問問題的小孩。

今天，已快靠近半百年齡圈的我，可以很自豪地說，這個誓言，我算是守住了！但如今為了滿足自己完成人生中第一本書的虛榮，這個守住近四十年的誓言也要守不住了。就在昨天中午，趁著和爸爸一起顧店的時候，我問了爸這個問題。

「爸，為什麼你都要叫阿公『阿叔』啊？」

感覺，爸好像有點被這個突如其來的問題嚇一跳，怎麼一向善良乖巧的孩子會突然問他這個問題呢？隨後爸笑笑的說：「這是以前的人……。」但爸卻開始不知道該說什麼，開始語塞，在一陣聽不太明白重點的說明後，我自行翻譯成以下的話。爸說：「從小，你阿公就這樣教我，叫媽媽也是叫『*叔媒』。以前的人都會這樣，把小孩送給神明做兒子，希望小孩可以在神明的庇佑下，平安健康順利的長大。」接著，爸說了一句清楚的話：「你也是啊，你小時候也有給五穀爺做義子啊！」

「是媽祖娘娘。」我說。

「喔！是媽祖娘娘喔。」爸笑。

我心想，那我怎麼不用叫你「阿叔」啊？但，我沒有問。

註解

叔媒是客語發音，稱呼嬸嬸的意思。

小時候，這條一樓往二樓的樓梯還沒有像現在放那麼多貨，樓梯轉角的那個窗戶也還沒有被後來蓋起來的餐廳堵住。往窗戶外望出去就是龍元宮的鳳鳴臺與一塊野地，野地橫在鳳鳴臺與雜貨店後門之間，有時候會長出蘆葦花，有時候會長出不知名的野草。我很喜歡坐在這個樓梯口玩，可能因為樓梯口是離正在工作的爸媽最近又不會吵到他們的地方。通常我是用雨衣的包裝盒來裝我的玩具，然後假裝成也是樓梯上的貨跟大家放在一起，如果隔天還沒有被大人拿走，我就會很高興。

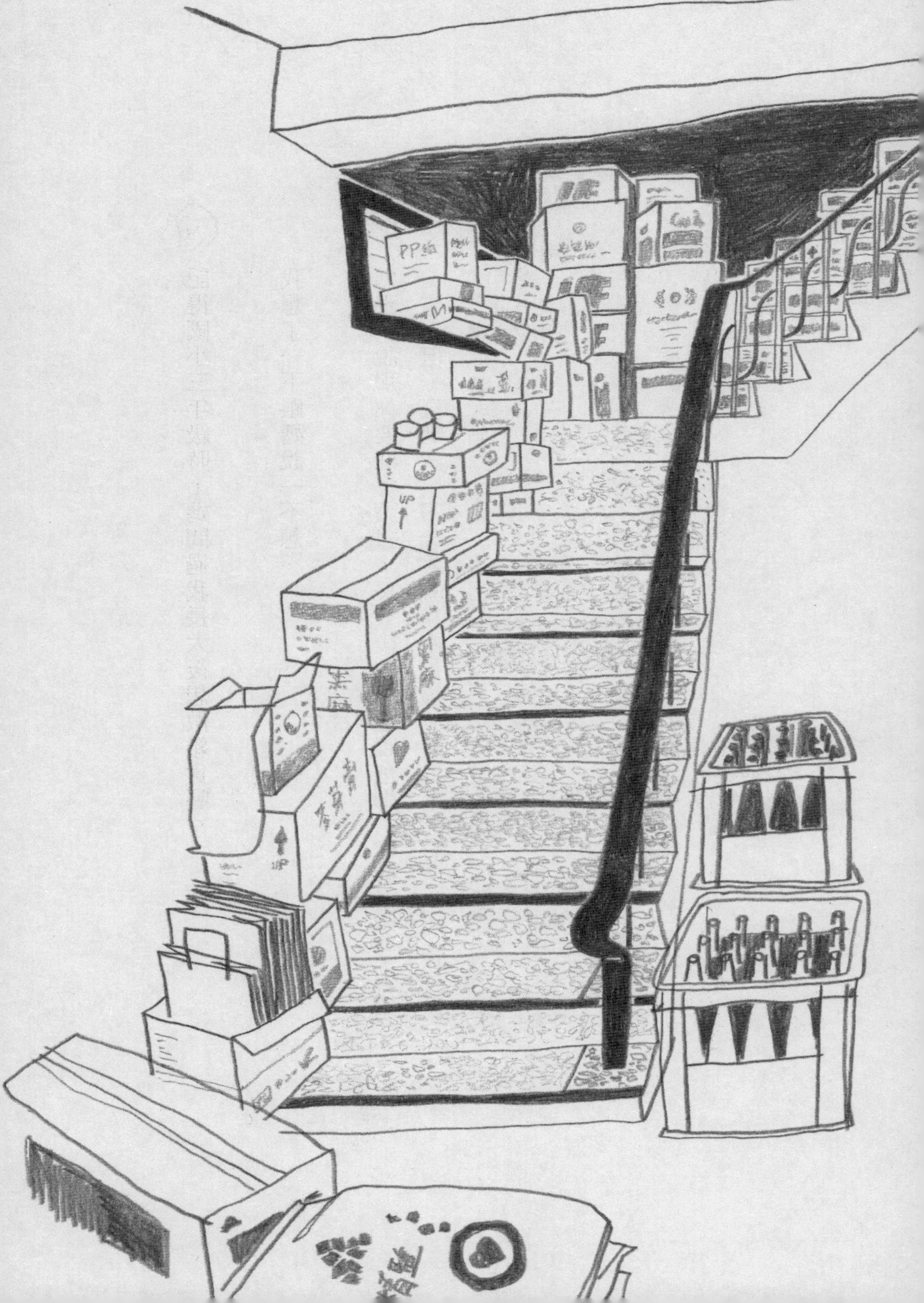
UP

記得國小三年級時，媽問過我長大後想做雜貨嗎？

我想了一下跟媽說「不想。」

媽跟我說那你要好好讀書，長大後才不用跟爸媽一樣做這麼辛苦的工作。但一直到我快四十歲時我才了解，這世上哪有不用辛苦去做就能收穫豐盛的工作，就算有，那些工作的代價都非靈魂可以承受。

在那次媽媽對我語重心長的告誡後，少未經事又頑皮的我當然還是沒有好好讀書，也許因為我一直都沒有好好讀書吧，所以到現在年過四十了還一直離不開我們家的雜貨店，連現在從事插畫工作都要回來畫雜貨店。

好久以前，在以為自己已經懂事長大的年紀，偷偷覺得我們家的雜貨店真的是一間很糟的店，貨架上隨時凌亂不堪的商品總是穿插放著自家人的生活用品，像是保溫瓶或是吃了一半的饅頭。這讓我感覺很丟臉，第一次從台北回來家裡幫忙時，我不敢跟別人說我在雜貨店工作。

有一次，我一個人顧店時走進來一位差不多五十歲左右的媽媽，她進來後對我笑一笑就自顧自的在店裡逛起來，通常會如此企圖逛我們家雜貨店的一定是外地來的，熟客或在地的都知道來雜貨店買東西，進來就是直接問老闆，這樣才是道地且標準的 *SOP*。

當時我顧店的原則就是不靠近、不多說、不打擾，所以客不動、我不動，客不問、我不說。或許因為如此那位媽媽逛得特開心，離開時還對我說你們這家店好可愛，現在很少看到這樣的店了。我心想「見鬼了！」這店亂得要命是哪裡可愛了？這是發生在我第一次認真想要回店裡幫忙的事。

去年夏初，因為妹妹坐月子的關係我又開始來店裡幫忙，這次已經是我第三次答應媽媽回來店裡幫忙了，不同的是，這次我似乎比較能夠了解，那年那天那位媽媽為什麼會說「這家店很可愛」這樣的話了。

TPTEA
紅標米酒
米酒
SINGLETON

媽的妹妹，阿姨，最近遇到我時都會問，可不可以幫她把小時候她們家附近的那片稻田畫出來，她真的好想念那片田和田邊的竹林。

小時候每年大年初四那天，爸會開廂型車載媽和我們姊弟妹四人回娘家，每年就這麼一次。所以，阿姨說的那片田，我真的沒印象了，依稀只記得那片大田邊有一個大人不太願意讓我們進去玩的防空洞。如何能畫出別人心中的回憶呢？我只能尷尬委婉的婉拒阿姨。

有鑒於阿姨的遺憾，我開始考慮，那我自己對家的回憶是什麼呢？有什麼景色是我很想畫出來的回憶嗎？

想了想，還真的有耶，就是這張，大家在店裡忙碌的樣子。

一位從我小時候就常來雜貨店買東西的人客，一進門就對我說：「喔！你老了耶！」我被說得還沒回神時，這位客人接著大嘆「*啊喔！看著別人的小孩老了，才知道自己老了！」

對啊，我已經老了耶。

十幾歲時總是在想，我四十歲時會是什麼樣子？國小畢業那年，宋旻勳問我以後長大要做什麼，我真的要當畫家嗎？畫家都很窮耶。從此我就開始擔心自己會成為窮畫家。

大學畢業那年，我沒有馬上回龍潭，留在台中跟同學瞎混順便等兵單，有一天跟已經開始上班的燕民到他同事家玩，才發現原來做設計師也會很窮，從此我就好怕自己成為窮設計師。

那些年害怕的事，結果都發生了。踏入社會後，一路上只要看似報酬豐厚或是有願景的工作我都會搞砸，賺不到錢的工作反而可以表現得異常順利，一路走來只能用「悲壯」二字形容。

雖然我那雷殘的工作總是為我帶來悔吝憂慮，但生命中真正需要的東西，上天又對我出奇的慷慨，只是上帝把他們放在我平時都不會去注意的地方。像是曾經讓我感到難以啟齒，覺得丟臉的雜貨店工作，竟是蘊含我跟父母感情的土地。一家人用來醞釀幸福的房子，最後座落於我可以輕易離開的故鄉。

年輕時渴望美麗，卻不知自己一直身在美麗當中。就好像現在覺得自己已經老了的我。

註解

客家人在感到驚訝時往往會發出「啊喔」的特長音。對我來說就像是在說「夭壽！」或「什麼！」這樣的話。

我　二姊　大姊　妹妹

店裡的東西都有自己的時間，像是梅子季時，冰糖就會跑很快。端午節前，秤糯米會秤到手斷。常日裡，來買米酒的客人，做菜的少，當飲料喝的多。那些買酒喝、買菸抽的人，就連二十幾歲的氣色看起來都比一般差，而我也總能在鄉里間的消息中，聽到愛喝酒的某某某已經過世的事。

店裡的東西都有自己的時間，就算賣不出去的都還有使用期限，人，又豈能落於外。

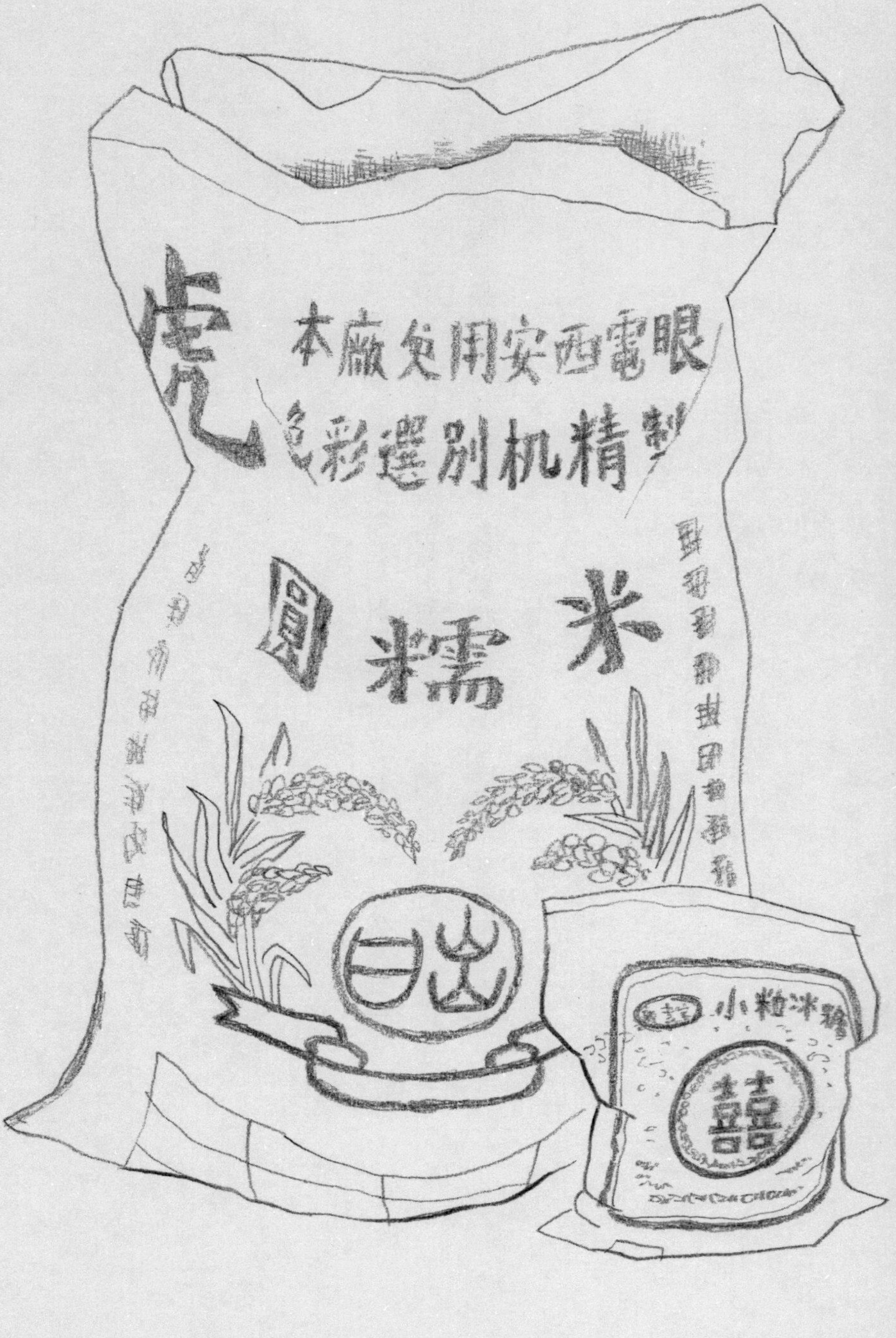
虎
本廠免用安西電眼
色彩選別机精製
圓糯米
小粒冰糖

一陣子總會聽到這樣的話題，誰誰誰死了。每次在雜貨店裡聽到這樣的消息，如果往生者在七十歲以下，人客們不免驚訝怎麼走得那麼年輕。八十歲以上，就會細細地問是怎麼走的，走得好嗎？

孔雀王

今天早上去中壢參加小學同學母親的告別式，有幾位同學不方便去，還特地請我幫忙代墊奠儀。一路上大雨滂沱，車速相當慢，到會場時我發現其他幾位應承會來的同學都到了，大夥就站在會館外等候拈香。雖然是離別的場合，但因為見到了許久不見的小學同學，大家臉上都帶著笑容。和同學們敘舊時，我的眼光偶爾落到會館內正在舉行家祭的同學身上，雖然我倆一個人在館內一個人在館外，但從他的眉宇還是讓人讀到了他搗在心底的哀傷。這樣的場合，以後應該只會越來越多了吧。

阿公回到家那天，雜貨店裡的東西全都清空了，所有的人站在清空的雜貨店裡等阿公到家，好讓阿公可以在熟悉的地方，呼出最後一口氣。

要拿掉象徵阿公最後一口氣的呼吸器時，爸爸要拿一杯茶，象徵性的給阿公喝，倒茶時爸爸跟阿公說：「阿叔，吃杯茶。」

「我們到家了。」

真心不騙

阿公

阿公過世的前一年，我剛好結婚了。

每次想到這，我就會忍不住把時間往回算著去，例如，如果想讓阿公看到孫子，我得再早個四年結婚才行。那時我正在當兵。

如果想讓阿公可以帶著阿嬤到處去旅行，我得再早個十二年就開始工作。那時我正在念國中。

阿公過世的前三年，他開始擔任他們那一屆高原國小同學會的幹事，負責每年一次國小同學的聚餐聯絡事務。接下這份工作後的阿公必須保管一本冊子，裡面寫著國小同學的名字、電話、地址等聯絡資料。某一次聚餐後，阿公請我幫忙在冊子上註記今年誰先預繳了明年的餐費，有沒有來參加，繳了錢和沒繳錢的紀錄。幫忙寫了幾次後才發現有一兩個人繳了一次後就沒再交錢了，提醒阿公後，阿公向我解釋那幾位同學不是沒繳錢，是過世了。

這意外的答案砸進我腦袋時，剎那間我有一種恍然大悟的了解，原來這就是活到八十歲時的同學會，每一年都可能有一、兩位同學因為生命走到了盡頭而沒辦法參加。

阿公開始念高原國民小學是民國十七年的夏天，當年的台灣還是日本政府時代，學校的名字叫做銅鑼圈公學校，校長是山下三太郎。之後民國三十四年時日本人離開台灣，一直到民國五十七年，因為政府實施九年國民教育，校名才改為現在我們熟知的高原國民小學。聽爸爸說，阿公當年還是以優等生的身分從銅鑼圈公學校畢業。

每年的高原國小同學會阿公跟阿嬤都會一起參加，平日裡在雜貨店總是穿一件舊汗衫與短褲的阿公，那天會穿起他唯一的一套西裝與皮鞋，用髮油梳理頭髮。阿嬤從美容院洗頭回來後會換上一件深紫色的旗袍套裝，套裝上繡著一小串的淡紫色水晶，深紫色的旗袍襯在淡紫色的水晶下分外顯得亮眼。

阿公過世後，我曾在一張聚餐後的大合照上看到阿嬤參加了沒有阿公的同學會。照片裡阿嬤沒有穿那件美麗的紫色套裝，穿著平常出門穿的衣服坐在人群裡與大家一起拍下這張照片。

有一回，只有我跟阿嬤兩人一起顧店時的下午，我趁機問阿嬤當年是怎麼跟阿公認識的。阿嬤說：「相親認識的啊，相親那天你阿公從台北坐了好幾個小時的車回來龍潭跟我相親，結束後還要趕快趕回台北去。」

「為什麼要從台北回來啊？」我問。

「你阿公當時在台北工作。」阿嬤說。

「阿公還曾經在台北工作過喔！」我追問。

「你阿公以前是糕餅師傅，親戚介紹去的。」阿嬤想了一下接著說：「你阿公年輕時很窮，要跟阿嬤結婚的時候來到雜貨店除了身上穿的，只帶了一套舊衣服，連要結婚的西裝也沒有。你爸爸當年七歲，也只有身上穿的一套舊衣服就跟著你阿公過來了。以前真的是很苦啊。」

阿嬤沒有把故事繼續說下去，停下話像是想起了以前的種種回憶。在我感覺我好像應該說些什麼話的時候，阿嬤笑著跟我說：「本來啊，阿嬤跟你阿公相親那天，我原本當面答應了婚約，但回到家後想了想又後悔了。你姨婆說如果不要了，這要趕快跟人家說！阿嬤趕快就趕去車站要跟你阿公回絕這門親事，沒想到趕到車站後，阿公坐的那台公車正好從面前開過去，阿嬤就一邊追車子一邊揮手想叫公車停下來！結果你阿公以為我是特地趕來送行的。」說完阿嬤就大笑了起來然後補上一句：「如果當年讓我追上車就不會跟你阿公結婚了。」

我驚訝的問：「為什麼答應了後來又後悔啊？」阿嬤停了一會兒，然後說：「你阿公那時已經有一個七歲的兒子，相親結束回到家，家裡人知道了覺得這樣以後生活可能會很麻煩，建議還是不要好了。所以才又急急忙忙趕去車站。但老天爺幫忙做了決定，大家也就都接受了。」

雜貨店下午的時間多半是阿公跟阿嬤兩個人一起看店，吃完午飯後的阿公習慣睡一下午覺，差不多一個小時左右他就會起來。在店裡工作的人都有午睡的習慣，除了阿嬤。阿嬤總是說：「中午吃飽飯，年輕人去睡一下。我不用。」

年輕時的阿嬤聽說是一位很有氣魄的女強人，龍潭鄉裡無人不知無人不曉，阿公則剛好是個沒什麼脾氣的人。有一次在雜貨店兩老忽然鬥起嘴，阿嬤先對我說：「你阿公常常被我罵，每次被我一罵就往外跑。」接著就突然問阿公：「你是跑去哪裡啊？」

阿公笑著說：「出去龍潭跑一圈再回來啊，我才沒那麼笨，站著給你罵。」

阿嬤追著問：「你還挺聰明的嘛！知道要跑出去。你真的龍潭繞一圈才回來喔？」

阿公四兩撥千斤的回：「不然是要去哪裡？」

跟阿公阿嬤這對老夫妻相比，我和阿公相遇的時間只有短短的三十年。三十年如果拿來學習一個技藝，夠長了。但放到與阿公的相處上卻立刻變得好短，我還沒能真正懂得珍惜的時候，一切就結束了。

阿公過世後，有一次爸爸在中午吃飯時突然跟大家說他昨天夢到阿公了，夢裡阿公看起來很年輕，爸爸一看見阿公就很高興的對阿公說：「阿叔你回來囉！」但醒來後爸爸只記得這句話跟那個相遇，其他的事全都記不得了。

家人裡除了爸爸，只有我也夢見過阿公。在我的夢裡阿公坐在雜貨店二樓的餐桌前吃飯，白色的長眉毛眉尾垂在兩頰上，飽滿寬厚的額頭連接到頭頂，兩鬢與後腦勺的白髮長長的披在肩上。其實，這樣的外貌一點都不像阿公，但夢裡我知道他是我阿公，似乎好像是阿公在跟我說：

「阿公在這裡很好，大家不用擔心。」

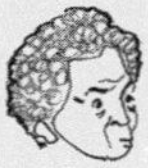

我家是隆興商店

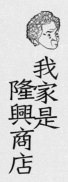

她身上穿的、戴的都是日常確實需要的東西，完全沒有多餘的裝飾或是用來強調自己是誰的配件，這樣的狀態深深吸引了我很想畫下她日常生活的模樣。但發生在店裡的那些微小故事需要文字才能紀錄，所以就開始用文字速記在店裡看到或是聽到的有趣事情。開始寫的時候，自己也不知道自己在寫什麼，甚至覺得寫得牛頭不對馬嘴，但隔天打開筆記本一看卻覺得好笑，立馬決定就這樣繼續牛頭馬嘴的寫下去。再加上我的作文老師不放棄的用自身功力幫我灌頂，打開了任督二脈，這才終於得以將中斷的雜貨店故事陸陸續續完成。

最幸運的是透過這樣的書寫紀錄，頭一回在心底看見了阿公、阿嬤、爸爸、媽媽眼中的隆興商店，這讓我領略到經營一家老雜貨店，應該要像是修復一棟古蹟一樣。古蹟的修復不是拆掉舊的蓋一個新的出來，而是要小心的把它恢復到以前的樣子。想通了這件事後，好慶幸以前的我失敗了。

雖然，現在的我對於經營商店的工作還是沒頭緒加沒把握，但只要家人都在，就已經是最棒的商店了，不是嗎？

國家圖書館出版品預行編目 (CIP) 資料

畫說寶春姐的雜貨店 / 徐銘宏 圖・文
-- 初版 . -- [新北市] : 依揚想亮人文 , 2018.01
面 ; 公分
ISBN 978-986-93841-8-6 (精裝)
857.63 107000345

畫說寶春姐的雜貨店

圖 / 文・徐銘宏 | 發行人・劉鋆 | 責任編輯・廖又蓉 | 美術編輯・羅瓊芳 | 法律顧問・達文西個資暨高科技法律事務所 | 出版社・依揚想亮人文事業有限公司 | 經銷商・聯合發行股份有限公司 | 地址・新北市新店區寶橋路235巷6弄6號2樓 | 電話・02 2917 8022 | 印刷・禹利電子分色有限公司 | 初版一刷・2018 年 01 月（精裝）| ISBN・978-986-93841-8-6 | 定價 450 元 | 再版二刷・2022 年 06 月（精裝）